Maruan

e sua busca por um sentido de vida

Aldenor Romero Studart é funcionário do Banco do Brasil e trabalha na Superintendência Estadual do Paraná, em Curitiba. Contato: maruan@solucoes.adm.br

Aldenor Romero Studart

Maruan
e sua busca por um sentido de vida

© 2002 Aldenor Romero Studart

Revisão: Veridiana Maenaka
Editoração Eletrônica: Luciane Bolorino T. Costa
Ilustrações: Vagner Vargas
Capa: Niky Venâncio

Cip-Brasil - Catalogação na Fonte
Sindicato Nacional dos Editores de Livros, RJ

Studart, Aldenor Romero
    Maruan e sua busca por um sentido de vida
/ Aldenor Romero Studart. - São Paulo : Ground, 2002

    ISBN 85-7187-177-9

    1. Conduta - Ficção. 2. Conto brasileiro.
    I. Titulo.

02-1868   CDD 869.93
                              CDU 869.0(81) - 3

Direitos reservados à
Editora Ground Ltda.
Rua Lacedemônia, 68 - Vila Alexandria
04634-020 - São Paulo / SP
Tel.: (0xx11) 5031-1500 / Fax: 5031-3462
www.ground.com.br
editora@ground.com.br

Apresentação, 7

Capítulo 1   O Início, 9

Capítulo 2   Observando a Vida, 13

Capítulo 3   Um Encontro Inesperado, 17

Capítulo 4   Descobrindo o Essencial, 21

Capítulo 5   Mudanças, 25

Capítulo 6   Equilíbrio, 29

Capítulo 7   Buscando Um Sentido de Vida, 33

Capítulo 8   As Donas da Moita, 37

Capítulo 9   A Borboleta, 41

Sumário

Apresentação

O Vôo da Borboleta

A existência é uma escola de aperfeiçoamento. Despertar da sonolência dos trilhos confortáveis da ilusão para as desafiantes trilhas evolutivas, eis o desafio do Aprendiz da Vida. Cada dia traz o seu ensinamento, sua dor, seu louvor, sua provação, sua benção. Quando somos capazes de escutar o Sermão da Montanha de cada instante, é possível dar o passo seguinte, na longa travessia dos desertos rumo ao Oásis da realização plena. Lição do lótus que transmuta a lama de sua origem no seu destino de flor...

Nos momentos avassaladoramente críticos, que vivemos, necessitamos de inspirações para dizer Sim ao caminho estreito que conduz ao Ser. São muitos os convites para a desistência e para a estagnação nesta patologia da normalidade, que chamamos de *normose*. Quando o que domina no sistema é o desequilíbrio, a desatenção, a acomodação passiva a tantas contradições como a exclusão, a injustiça e a corrupção, as pessoas realmente saudáveis são as que apresentam um desajustamento justo e uma inquietação lúcida. É necessário ousar ser *a maioria de um*, na feliz afirmação do filósofo da desobediência civil, Henry Thoreau.

A estória de *Maruan*, uma lagarta sonhadora e não-normótica, é uma singela e tocante inspiração para vôos altaneiros, além da mediocridade dos que apenas buscam a sobrevivência, sem a aventura da graça e da sabedoria. Seu autor, *Aldenor Romero Studart*, de forma leve e sóbria, aponta para algumas lições fundamentais do viver evolutivo.

Nesta crise da crisálida que atravessamos, onde a lagarta já morreu e a borboleta ainda não nasceu, o vôo de Maruan é nutrição para os que confiam que a flor há de brotar da dor. E que, apesar de tudo, a sabedoria e o amor dirão a palavra final. Assim seja.

Roberto Crema [*]

---

[*] Roberto Crema é psicólogo e antropólogo do Colégio Internacional dos Terapeutas, diretor geral da Associação Holística Internacional - HOLOS BRASIL, vice-reitor da UNIPAZ - Universidade Holística Internacional de Brasília e autor de diversos livros.

O Início

Maruan era uma lagarta jovem e inconformada com a vida. Desde seu nascimento ela se dedicava, diariamente, à busca de folhas tenras e suaves para sua alimentação. Todos os dias, juntamente com seus irmãos e irmãs lagartas, andava pelos galhos da árvore onde nascera devorando as folhinhas.

Todos os dias era a mesma rotina e seu desconforto com aquela situação aumentava. Ela olhava para sua família e achava que algo estava errado, faltava alguma coisa, algo que não conseguia definir, mas que seguramente estava faltando.

Ela se perguntava se a vida de uma lagarta se limitava a comer e trocar de residência – no caso, as peles que freqüentemente tinha de abandonar por limitarem seu crescimento físico. Maruan havia consultado algumas lagartas-líderes em sua comunidade e, após breves conversas, percebeu que elas jamais lhe dariam as respostas que buscava. Todas essas "grandes líderes" tinham em comum uma enorme vaidade e prepotência, achando-se conhecedoras das grandes verdades do mundo.

Assim, Maruan percebeu que teria de achar suas respostas sozinha. Outro problema seria quando encontrasse as respostas. O que deveria fazer com elas? Se tentasse falar com sua família, com certeza não seria ouvida, quanto mais entendida. Além disso, o que aconteceria quando ela morresse? Suas descobertas e conclusões morreriam com ela?

Maruan pensou, pensou e decidiu escrever suas descobertas, de forma que as gerações futuras de lagartas pudessem ler e continuar seu trabalho, sem terem de começar tudo do início.

A primeira idéia foi escrever em pedaços de folhas da árvore onde morava, mas ficou com medo que os escritos fossem comidos na primeira necessidade, perdendo-se o trabalho de toda uma existência. Por isso começou a fazer suas anotações numa pequena casca de árvore, que passou a levar consigo para todos os lugares. Nesse pedaço de casca seria colocada a síntese de suas descobertas, as diretrizes que, ela esperava, ajudariam a orientar a vida das lagartas de sua comunidade. Essa seria a sua contribuição, a herança que deixaria para as gerações futuras.

Lembrando das conversas que tivera com as lagartas-líderes e da reação delas, Maruan entalhou a primeira diretriz:

"Tenha humildade para aprender, mesmo quando se tratar de assuntos que você acha que conhece profundamente."

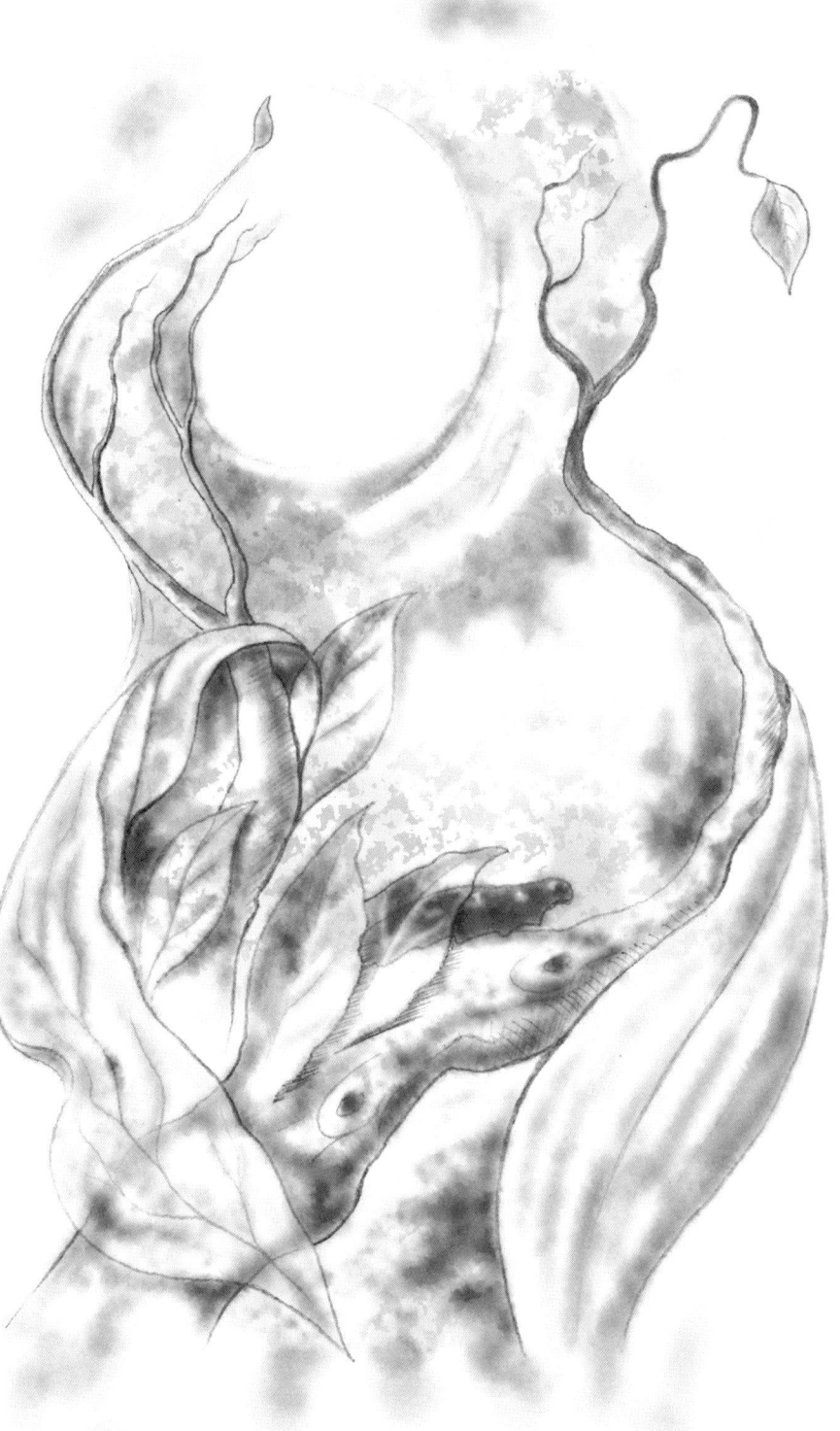

Observando a Vida

No dia seguinte Maruan acordou cedo, juntamente com o raiar do dia, sentindo-se muito animada. Antes de adormecer ela havia decidido observar o mundo como se nunca tivesse feito parte dele. Veria a vida por uma nova perspectiva, como se fosse uma lagarta que havia acabado de chegar, vinda de um lugar distante.

Antes de sair, tratou de fixar sua casca de árvore junto ao corpo de forma que não a perdesse. Era uma grande responsabilidade. Ninguém havia pensado em registrar as descobertas e isso, com certeza, faria dela uma lagarta muito importante.

Mal havia começado a andar quando encontrou um grupo de lagartas que fazia sua primeira refeição do dia. Afinal, as lagartas comem muito e freqüentemente. Eram suas primas e mais algumas que Maruan só conhecia de vista. Estavam mastigando umas folhas de aparência muito gostosa e falavam de uma lagarta de meia-idade que tinha chegado na noite anterior. Comentavam como essa nova lagarta tinha rugas no corpo e que, com certeza, essa intrusa se considerava melhor do que as outras, pois ainda não havia se aproximado delas. Também falavam de seu jeito de andar e da forma disfarçada como olhava as lagartas-macho da comunidade. Assim, mastigando e engolindo suas folhinhas, iam achando defeitos e mais defeitos em sua vítima, sem ao menos saber o nome dela.

Por acaso, Maruan sabia de quem estavam falando. Era uma lagarta que havia perdido recentemente seu companheiro e que tinha mudado de comunidade para recomeçar a vida, buscando evitar as lembranças que cada local e cada detalhe do seu antigo ambiente lhe traziam.

Seguindo sua decisão de ver a vida com novos olhos, Maruan se perguntou: por que suas companheiras eram tão cruéis com uma desconhecida? Em vez de criticar, sem nem ao menos conhecer quem estavam criticando, por que não procuravam apoiar alguém que estava visivelmente triste e abalada? Por que não cultivavam um pouco de bondade? Aonde elas achavam que iriam chegar, considerando-se tão superiores, tão certas em seus *pré-conceitos*?

Pensando em sua conhecida, tão injustamente criticada, e lembrando de várias situações semelhantes que já havia presenciado, ela ficou, durante um bom tempo, olhando as folhas que balançavam ao vento. Finalmente deu um suspiro, abaixou a cabeça e escreveu a segunda diretriz:

*"Evite criticar os outros,
pois você não conhece todos os fatos."*

Um Encontro Inesperado

Maruan se afastou daquele grupo de lagartas e, enquanto caminhava, percebeu pequenos montes de folhinhas recentemente cortadas no galho por onde andava. Eram pedaços pequenos e dispostos em intervalos regulares, como se fossem deixados para alguém. Ela olhou curiosa e até mesmo um pouco interessada nas folhas, mas decidiu seguir a trilha para descobrir quem estava fazendo aquilo e por quê.

Após passar por várias pilhas de folhas, encontrou uma lagarta que vivia isolada, afastada da comunidade, e que estava cortando folhas para comer. Ela observou que essa lagarta separava uma parte de tudo que cortava e deixava numa pilha no caminho por onde passava. Essa lagarta era conhecida como excêntrica, meio louca, e também por não gostar da convivência com as outras. Maruan teve receio de se aproximar, mas não resistiu à tentação e perguntou por que ela estava fazendo aquilo, por que deixava montes de folhas por onde passava. A lagarta-excêntrica olhou para Maruan, percebeu a casca de árvore amarrada no corpo, e devolveu a pergunta:

– Por que você carrega essa casca de árvore amarrada no corpo, Maruan?

Maruan tomou um susto, pois a lagarta-excêntrica raramente falava com alguém. Também ficou surpresa por ela saber o seu nome.

– Como você sabe o meu nome?, perguntou.

Como não obteve resposta, achou melhor responder à pergunta da lagarta-excêntrica, antes que ela ficasse de mau humor.

– Nesta casca de árvore vou escrever tudo de importante que eu aprender na vida. Espero que ela sirva de ajuda para outras lagartas.

A lagarta-excêntrica olhou-a com uma expressão curiosa, e até divertida, e perguntou:

– Você já tem muitas anotações?

Maruan leu em voz alta suas observações e ficou esperando que a outra risse ou fizesse algum comentário que desestimulasse seu trabalho, mas, em vez disso, ouviu a lagarta comentar:

– Quer saber por que estou deixando essa pilha de folhinhas enquanto caminho? Elas são para a lagarta-anciã, que vem logo atrás e está doente demais para cortar suas próprias folhas. Não me custa cortar um pouco mais e ajudá-la a se alimentar.

Maruan ficou surpresa. Isso jamais lhe teria ocorrido. Ela pensou um pouco, pegou sua casca de árvore e escreveu:

"Cultive a bondade no dia-a-dia, começando com os que estão ao seu redor e até nos pequenos gestos."

Ela mostrou sua anotação para a lagarta-excêntrica, que sorriu, virou as costas e afastou-se.

Descobrindo o Essencial

Pensando nos últimos acontecimentos, Maruan continuou a caminhar pelos galhos da árvore, refletindo sobre o que iria escrever em seguida, quando encontrou a lagarta que era considerada a de maior sucesso da comunidade. Essa lagarta conseguia identificar e saborear as folhas mais gostosas e deliciosas que havia. Maruan ficou feliz, pois seria uma oportunidade ideal para aprender e incluir outra anotação na sua lista.

Ela observou a lagarta-de-sucesso comer suas folhinhas, andar um pouco mais e tornar a comer. Essa cena se repetiu várias vezes, sob o olhar atento e, aos poucos, decepcionado de nossa amiga lagarta.

Não resistindo à tentação, Maruan perguntou para a lagarta-de-sucesso se ela iria fazer algo diferente, ou somente passaria o seu dia comendo e andando atrás de comida. A lagarta-de-sucesso olhou para ela como se estivesse surpresa por ser questionada sobre algo que não precisava de explicação, e falou:

– Você ainda é jovem, Maruan, e não percebeu que fomos colocadas no mundo para aproveitarmos as boas folhas que a vida nos oferece.

– Será que não existe nada mais além de andar de galho em galho procurando comida? Será que apenas devemos nascer, crescer, lutar por algumas folhas e depois morrer?, perguntou ansiosa Maruan.

– Pensando desse jeito você jamais será como eu, Maruan. Jamais terá um corpo como este, que é o resultado de uma alimentação balanceada com folhas de diversos tipos, além de um programa de exercícios físicos que me mantém com essa aparência jovem e saudável. Você percebeu como sou invejada e admirada pelas outras lagartas? – disse a lagarta-de-sucesso com uma visível expressão de vaidade.

Maruan balançou sua pequena cabeça com desânimo e se afastou. Enquanto caminhava ela se perguntava como a lagarta-de-sucesso ficaria na sua próxima troca de pele. Será que teria uma pele com aquela aparência "jovem e saudável" como tinha hoje? Afinal, as lagartas trocam de pele várias vezes durante sua existência.

Durante algumas horas ela ficou olhando um riacho que passava perto de sua árvore, observando a passagem da água que, sempre em movimento, levava as folhas para um destino que ela ignorava. Aos poucos ela foi entendendo a forma de ser da lagarta-de-sucesso, suas limitações e sua forma de encarar a vida. Pegando a casca de árvore, pela qual já estava tomando um carinho muito especial, escreveu pensando em suas amigas lagartas:

"Preocupe-se mais com o eterno,
enquanto cuida do que é passageiro.
Lembre-se que você vai trocar de pele
várias vezes durante sua vida de lagarta,
mas a essência continua a mesma."

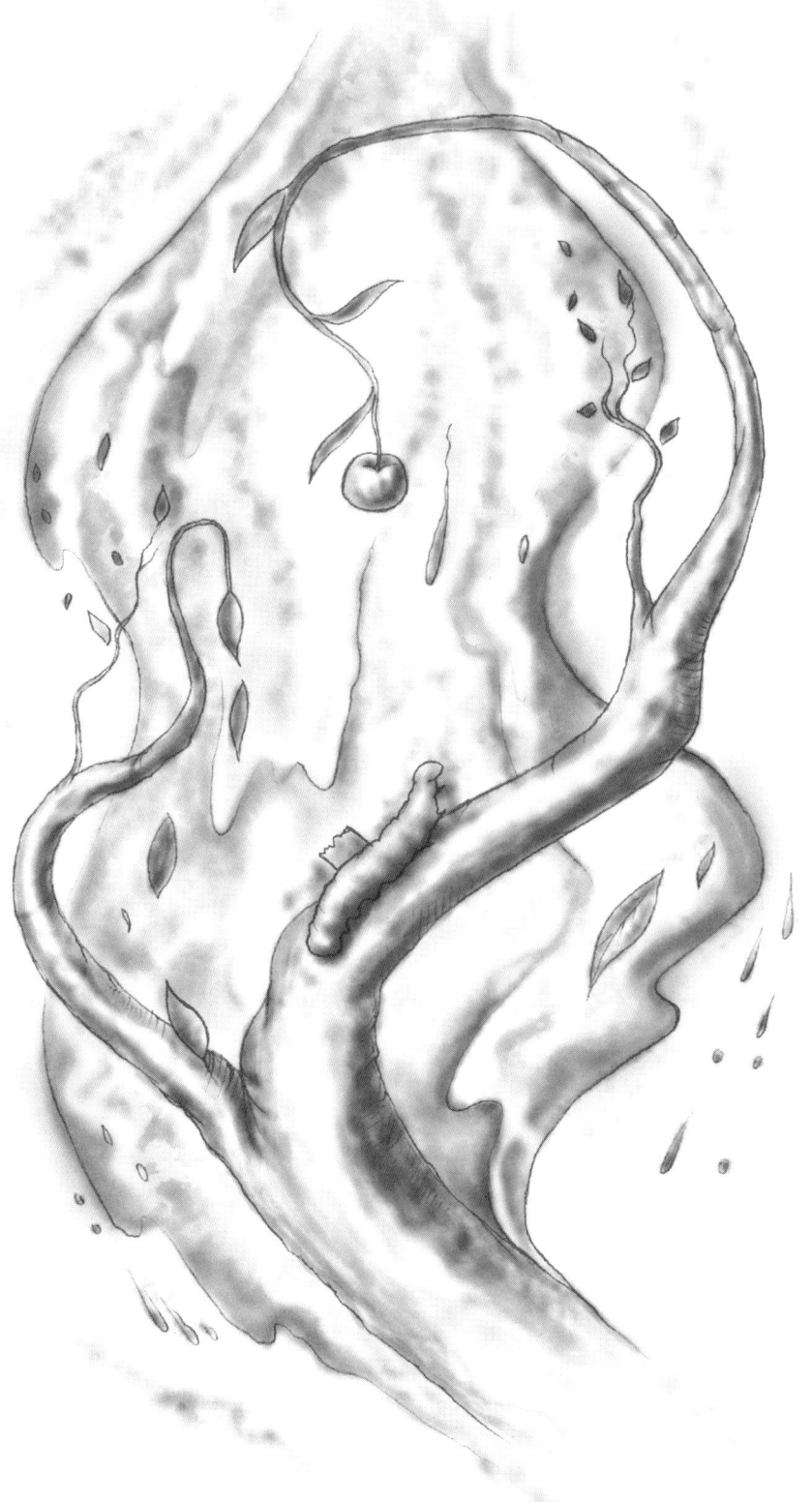

Mudanças

Na tarde do dia seguinte, enquanto estava sobre uma folha e a devorava como parte de sua refeição, um vento forte, vindo do norte, começou a soprar e sacudir a árvore. Maruan interrompeu sua refeição e, apesar de estar acostumada com os ventos, achou esse muito forte. Era mais forte do que aqueles a que se acostumara, mas sabia que não deveria descer para o galho pois acabaria caindo, como já vira acontecer com outras lagartas.

O vento continuou a soprar e a aumentar de intensidade. O galho balançou tanto que a folha onde ela estava soltou-se e foi carregada pelo vento. Maruan teve medo, achando que seria o seu fim, logo agora que suas descobertas estavam indo tão bem. Verificou se a casca de árvore estava bem presa ao seu corpo para não a perder nessa viagem louca e desconhecida, carregada pelo vento.

Finalmente, após uma pequena "eternidade", a folha caiu sobre uma moita, bem distante de sua árvore de origem. Tão longe que ela não conseguia ver mais de onde viera. Num momento, num sopro de vento, ela havia perdido sua família, seus amigos e a árvore segura e conhecida na qual havia nascido. Maruan passou da folha para essa moita desconhecida e nem o fato de ter visto outras lagartas por ali ajudou a tranqüilizá-la.

"Por que será que isso aconteceu?", ela se perguntava. Sua vida estava indo tão bem. Por que ela havia sido separada de sua árvore? Por que agora estava numa moita?

Ela começou a andar pela moita pensando no vento forte, na sua árvore distante e no que havia aprendido até aquele momento. Procurou descobrir como estava se sentindo e, após um momento de reflexão, percebeu que estava bem consigo mesma. Chegou à conclusão de que não importava *onde* ela estava, mas sim *como* ela estava nessa viagem. Com carinho, tomou sua casca de árvore e registrou:

"Valorize e aproveite as mudanças, elas são uma constante na vida. Aproveite toda oportunidade para aprender e crescer, entendendo que você está e estará sempre em processo de mudança."

 *Equilíbrio*

Maruan começou a procurar as lagartas que tinha visto quando caiu na moita. Talvez, mesmo sendo lagartas de outra comunidade, a ajudassem a se adaptar a esse estranho mundo, tão diferente de sua árvore e tão próximo ao chão.

Logo encontrou uma lagarta que estava profundamente irritada. Essa irritação era demonstrada pela forma como falava com as outras lagartas, pelos gestos bruscos e pela postura agressiva. A irritação saía em ondas, como uma pedra que lançada sobre um lago ondula a água em todas as direções. A lagarta-irritada estava dando ordens para duas lagartas quando avistou nossa amiga e já foi dizendo, de forma ríspida:

– Você deve ser a lagarta-ajudante que me enviaram. Vamos, retire logo aqueles pedaços de galhos que caíram sobre o caminho principal. Não temos o dia todo para isso e você já chegou atrasada.

Maruan olhou espantada para a lagarta-irritada. Primeiro, pelo nível de irritação, afinal ela nunca vira uma lagarta daquele jeito, e em segundo lugar pela grosseria, pois nem sequer havia perguntado quem ela era ou o que estava fazendo ali. Já começara dando ordens, como se fosse a dona do mundo.

- Eu não sou a lagarta-ajudante – replicou Maruan. – Sou uma lagarta que veio de fora, carregada pelo vento do norte que fez toda essa bagunça.

– Era bom demais para ser verdade – disse a lagarta-irritada. Pedem que eu limpe essa sujeira, mas não me dão os recursos necessários. Olhe só – disse a lagarta-irritada apontando para suas colaboradoras. – Elas não conseguem nem empurrar aquele pedaço de galho direito. Três empurram de um lado e duas empurram do outro lado, e eu tenho que ter isso arrumado antes do anoitecer.

– Por que você está fazendo isso? Quem determinou que você coordenasse o trabalho delas? – perguntou Maruan, já se preparando para uma resposta estúpida.

– Ora, foi a lagarta-dirigente desta moita. Ela quer que esses galhos, que nos dificultam alcançar aquelas folhas, sejam removidos. Além disso, quem mais poderia ser? Nota-se que você não pertence a esta comunidade. O que você está fazendo aqui? Não gostamos de turistas.

Maruan pensou em contar tudo que havia acontecido com ela. Pensou em falar da sua busca, das anotações, mas concluiu que perderia o seu tempo e, bem provavelmente, tornaria a largarta-irritada mais irritada ainda. Assim, limitou-se a dizer da forma mais calma e mais tranqüila possível:

– Sou uma lagarta que está de passagem por esta moita. Não vou mais tomar o seu tempo. Bom trabalho.

Nossa amiga se afastou um pouco das lagartas e parou logo adiante para observar aquela cena. Será que a lagarta-irritada não percebia que a irritação que ela emitia passava para as outras lagartas? A lagarta-irritada deveria ter problemas sérios de saúde, pensou, e, se ficassem muito tempo com ela, as lagartas-auxiliares também teriam. Além disso, Maruan concluiu, a

desarmonia criada pela irritação e grosseria não ajudavam em nada a resolver os problemas já existentes.

Esses questionamentos internos foram interrompidos por um olhar quase fulminante da lagarta-irritada para Maruan, que se afastou acelerando o passo. Quando estava longe o suficiente para não ser vista, tomou suas anotações e escreveu:

*"Cultive diariamente o equilíbrio interno. Os problemas existem para serem solucionados da melhor forma possível e, de uma forma ou de outra, eles sempre nos ensinam alguma coisa.
Além disso, freqüentemente nos ajudam a crescer e amadurecer. "*

Buscando um Sentido de Vida

Depois de mais algum tempo de caminhada, localizou outras lagartas, que estavam comendo e falando do estranho vento que veio do norte. Maruan aproveitou a oportunidade para se apresentar e contar o que lhe havia acontecido. Contou como fora arrancada da árvore, lançada pelo espaço e como quase morrera quando caíra sobre a moita. As lagartas a ouviram, mais por educação do que interesse, e depois continuaram a conversar sobre um novo tipo de folha que algumas lagartas-pesquisadoras tinham descoberto. Falava-se até em propriedades medicinais que rejuvenesciam quem comesse um certo número daquelas folhas durante alguns meses.

Maruan começou a ficar incomodada com esse aspecto da vida das lagartas. Será que somente existiam para comer, comer, comer e comer? – ela perguntou para o grupo de lagartas. Será que a vida não teria como objetivo conhecer esse estranho e imenso mundo em que viviam? Será que não deveriam buscar respostas para tantas perguntas que havia a sua volta?

As lagartas pararam sua refeição e olharam com espanto e preocupação para essa lagarta que havia chegado numa folha. Era bem possível, pensaram, que na viagem Maruan tivesse batido com a cabeça e ficado meio doida. Afinal, que tipo de perguntas eram aquelas? Além disso, era muita ousadia questioná-las sobre tais assuntos. Será que as folhas que a natureza oferecia de forma tão generosa não eram o suficiente para ela? Será que as gotas de orvalho, que pendiam das folhas como jóias naturais ligadas por um fio invisível, não matavam sua sede? O que mais ela – essa lagarta intrusa – queria? Todas essas perguntas foram feitas de forma dura e acompanhadas de expressões irritadas.

Maruan voltou pelo caminho por onde viera, refletindo sobre os últimos acontecimentos. Ela pensou no vento forte que a tirara de sua árvore, nas lagartas da moita, nas conversas que tivera com outras lagartas, nas observações que havia registrado em sua casca de árvore e percebeu que estava numa jornada de aprendizagem, que as anotações eram apenas um registro do seu próprio crescimento, da ampliação de sua visão do mundo e da vida. Achar essas verdades, traduzi-las em anotações, eram parte do seu caminho, sendo o caminhar um meio e um fim em si mesmo. Essa percepção trouxe consigo um sentimento de alegria e felicidade. Ela pegou sua casca de árvore e registrou:

> *"Tenha um propósito de vida e busque realizá-lo, não importando o quanto seja difícil para você e estranho para os outros."*

As Donas da Moita

Ela continuou sua caminhada buscando conhecer esse que, em princípio, seria seu novo lar. Era um local bem diferente de sua árvore, muito baixo, próximo ao chão. Se suas antigas "amigas" da árvore a vissem agora diriam que ela havia perdido "status". Diriam que as lagartas que moravam nas árvores eram melhores do que as da moita, pois estavam mais longe do chão. Esse pensamento fez nossa amiga lagarta sorrir. Ela vira as lagartas da árvore e as lagartas da moita, e poderia garantir que todas se alimentavam do mesmo jeito. Todas tinham as mesmas necessidades e os mesmos anseios. O fato de as lagartas da árvore comerem folhas melhores e mais variadas seguramente não as tornava superiores. Na verdade, o que elas tinham a mais era uma enorme ilusão de superioridade.

Enquanto caminhava ela quase esbarrou numas lagartas que bloqueavam a passagem da moita onde estava para a moita mais próxima. Eram lagartas-segurança colocadas ali para impedir a passagem de qualquer uma que não fosse uma lagarta-da-moita-especial.

Maruan ficou olhando para a moita que estava próxima, mas cujo acesso lhe era impossível. Realmente, tinha de concordar, era uma moita linda, com folhas que pareciam deliciosas e recantos onde uma lagarta poderia se encostar enquanto observava a vida passar. De onde ela estava era possível ver algumas lagartas-da-moita-especial comerem umas folhinhas enquanto conversavam sobre um assunto que, aparentemente, era muito interessante.

Ela esperou e quando uma lagarta-da-moita-especial saiu daquele local privilegiado em direção à moita mais próxima, Maruan lhe perguntou, um pouco nervosa, se poderia conhecer aquela moita-especial. A lagarta-da-moita-especial tomou um susto e, após entender o que era perguntado, ficou vermelha e respondeu com grosseria e até um pouco de desprezo:

– Claro que não. Aquele lugar não é para qualquer uma. Somente lagartas de bom nível podem ir até lá. Foi por isso que colocamos lagartas-segurança, para evitar que qualquer uma entre.

Maruan achou tudo aquilo muito estranho. Em primeiro lugar porque nunca soube que lagartas possuíssem alguma coisa, ou mesmo que precisassem possuir algo. Em segundo lugar, não entendia quem dera a essas "lagartas-especiais" o direito de posse de um pedaço da natureza. Além disso, conforme suas observações, essas lagartas-da-moita-especial raramente saíam. Muito provavelmente com medo que outras tomassem o que lhes "pertencia".

Enquanto a largarta-da-moita-especial se afastava, Maruan ficou observando a moita, que já não lhe parecia tão especial assim. Notou como ela era sacudida pela brisa, da mesma forma que as outras moitas que havia por ali, e que o sol, que brilhava sobre ela, também iluminava e aquecia as outras moitas da mesma forma e com a mesma intensidade.

Nossa amiga lagarta puxou a pequena lasca de madeira com que escrevia e gravou na sua casca de árvore:

*"Utilize as condições materiais,
em vez de ser dominado por elas.
Entenda que ser é mais importante do que ter.*

*Perceba que, subir um degrau,
num processo de iluminação interior,
é mais valioso do que todas as folhinhas
que você puder juntar."*

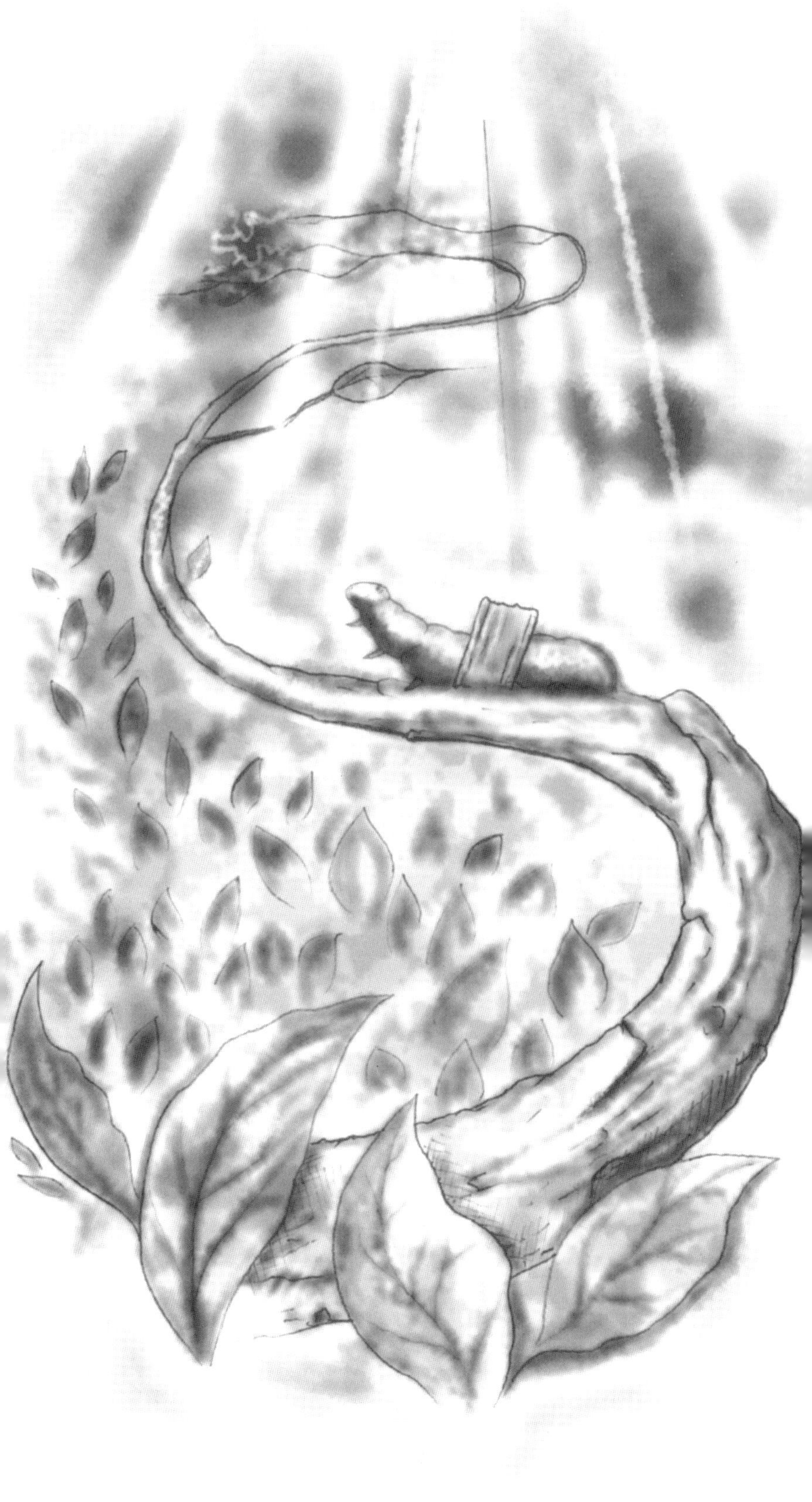

A Borboleta

Maruan percebeu que seu metabolismo estava em transformação, que estava na hora da grande mudança. A mudança que toda lagarta sabia que, um dia, aconteceria, mas sobre a qual evitam falar, como se fosse um tabu muito grande. Ela já tinha visto essa mudança em outras lagartas e fora algo realmente assustador.

Ela começou a ficar imóvel e, aproveitando seu último momento de consciência, apertou a casca de árvore junto ao corpo, como se fosse mais importante que sua própria vida.

Um tempo indefinido se passou e nesse processo ela viu toda sua existência, sua busca, suas anotações, seu desejo de crescer além dos seus limites, pois sentia que os limites do crescimento são apenas referenciais que podem sem expandidos.

Naquele corpo de lagarta – agora uma crisálida – as transformações se processaram até que um talho no alto da cabeça ocorreu, permitindo que um novo ser saísse daquela casca. Era uma criatura alada, com três pares de pernas, e asas. Asas com cores nunca vistas. Eram de um azul intenso, misturado com uma cor prata, de grande beleza. Quando ela abriu as asas e voou sob o sol, suas cores brilharam e uma alegria, um sentimento de liberdade, tomou conta daquela borboleta. Ela voou, executando a dança da felicidade, brincando com o vento, apreciada pelo sol e sentindo-se abençoada pela vida.

Após algum tempo, lembranças de um passado não muito claro vieram à sua mente. Essas lembranças chegaram aos poucos, como se fossem pedaços de uma existência estranha e diferente. Lentamente todo um quadro foi fazendo sentido e ela se lembrou da casca de árvore, do objetivo de sua existência anterior. Começou então a procurar seu antigo corpo. Felizmente foi possível encontrá-lo, e agora ele lhe parecia simplesmente horrível. Como fora possível viver tanto tempo naquele corpo e naquela forma ela realmente já não entendia mais, mas isso não era importante. Com dificuldade, essa nova borboleta separou a casca de árvore da casca de lagarta que havia sido ela mesma, leu as anotações e, sem se preocupar em completar as diretrizes, levou para o grupo de lagartas que estavam na árvore onde ela havia nascido, como lagarta, há muito, muito tempo atrás.

As lagartas da árvore ficaram surpresas e até com um pouco de medo quando viram aquela borboleta azul e prateada descer junto delas. A casca de árvore foi entregue para a lagarta-dirigente e tudo que aconteceu com Maruan, desde o início, foi contado para a comunidade. A nona diretriz e as seguintes deveriam ser completadas pelas gerações futuras – disse a borboleta. Essa era a herança de Maruan, a sua busca por um sentido de vida. Era o trabalho de uma existência que não estava concluído e que nunca estaria, pois significava o início de um processo de crescimento maravilhoso e especial.

A borboleta achou que sua missão junto à comunidade estava concluída e, quando abriu suas asas para voar, ouviu a voz baixa de uma pequena lagarta macho, ainda muito jovem, que lhe perguntou:

– Você vai voltar?

Maruan olhou para aquela lagarta pequenina e respondeu:

– Eu fiz o que tinha de fazer. Cumpri a minha parte, agora é com vocês.

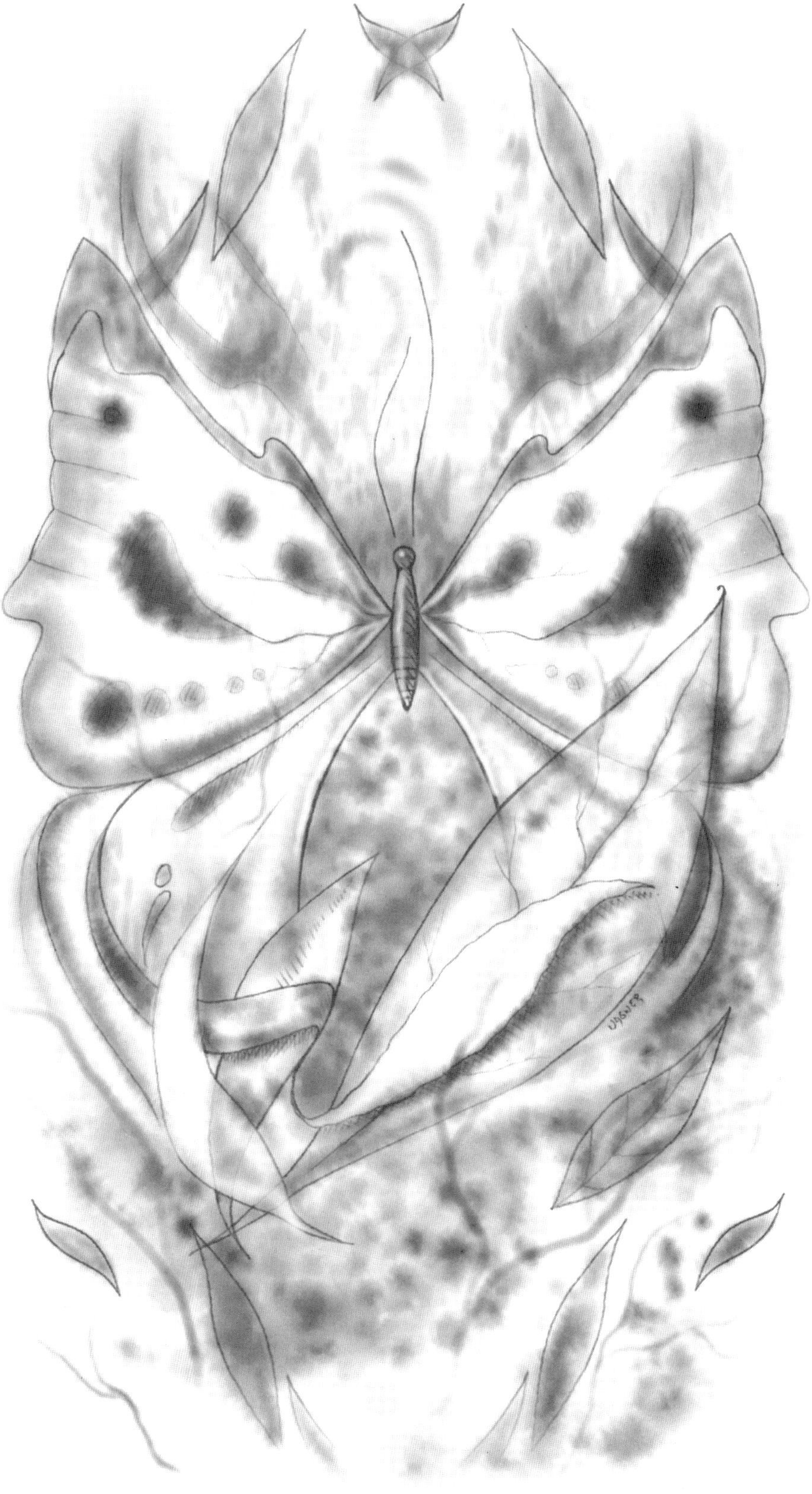

Dizendo isso se preparou, mais uma vez, para levantar vôo quando ouviu, de novo, a voz da jovem lagarta perguntando:

– Será que um dia você poderia voltar e nos contar o que descobriu?

Maruan, que agora era uma borboleta maravilhosa, olhou bem para os olhos pequeninos da lagarta jovem e se lembrou de como ela tivera que descobrir, sozinha, as suas verdades. Por um tempo elas ficaram se olhando e a borboleta viu nos olhos da pequena lagarta a mesma luz que a tinha guiado em sua busca. Viu o mesmo desejo de aprender, de crescer, de se aperfeiçoar, e percebeu que não poderia recusar o pedido daquela lagarta jovem.

– Qual é o seu nome, lagarta pequenina? – perguntou Maruan.

– Eu sou Khota e, um dia, serei uma linda borboleta – disse a pequena lagarta com um sorriso nos lábios.

Maruan não resistiu e, dando um grande sorriso, disse:

– Eu voltarei, prometo, e contarei tudo o que descobrir nessa nova fase da minha existência.

Assim, antes que ouvisse outra pergunta, a borboleta abriu as asas e voou.

Mesmo após todas as lagartas da comunidade terem se afastado, o pequeno Khota continuou a olhar para o horizonte, na direção que Maruan havia tomado em busca de seu destino. Ele ficaria esperando e, enquanto esperava, começou a fazer umas anotações.

1- Tenha humildade para aprender
2- Evite criticar os outros
3- Cultive a bondade no dia-a-dia
4- Preocupe-se mais com o eterno
5- Valorize e aproveite as mudanças
6- Cultive diariamente o equilíbrio interno
7- Tenha um propósito de vida e busque realizá-lo
8- Ser é mais importante do que ter
9-
10-
11-

Leia da Editora Ground

Mandalas
A religação da alma com Deus através de desenhos sagrados
Celina Fioravanti

Neste livro, cada mandala é acompanhada de um pequeno texto, com temas para serem analisados em conjunto. Os dois se combinam perfeitamente para criar um campo de ação poderoso que ativará mais a energia espiritual e a criatividade de cada um. É usado com finalidades terapêuticas por psicólogos e grupos de trabalho.

Lendas e Mandalas
Sylvia Mäder

Sylvia Mäder criou uma mandala para cada lenda brasileira.

Colori-las resulta numa fascinante viagem terapêutica ao centro de cada um - uma jornada preciosa de auto conhecimento que ajuda simultaneamente a relaxar, melhorar a concentração e, simultaneamente, a redefinir metas e objetivos.

Auto-Estima
A chave para a educação do seu filho
Tony Humphreys

Os pais agem como espelho para os seus filhos e determinam a imagem que eles vão ter de si próprios. Este livro ajuda os pais a criarem um ambiente familiar que promove a sua auto-estima e a das crianças, defendendo a mensagem principal de que a felicidade das crianças é a chave para o seu desenvolvimento educacional.

A Família
Ame-a e deixe-a
Tony Humphreys

A família tem o potencial de ser o terreno mais fértil para o auto-desenvolvimento e a auto realização. Este livro traz *insights* valiosos e linhas de conduta práticas para habilitar as pessoas a obter o máximo das relações familiares e a encontrar, ao mesmo tempo, a sua individualidade e independência.

Impresso nas oficinas da
Gráfica Palas Athena